I Edizione 2018

Argo

Red Room
Vol. I

[Anticamera]

[____che tu lo voglia o no, che tu sia consapevole o meno, di ampie vedute o di facili tabù, che tu sia per l'amor sacro o per l'amor profano, lassista o moralista, ebbene, il sesso che sia fatto, parlato, desiderato, censurato, sognato, agognato, rifiutato, fa parte della storia umana quanto nella tua. Questo istinto primario lo puoi mascherare, camuffare quanto vuoi ma è lì, sempre pronto, checché tu ne dica____]

Stanza 1

___seduce chi sfida, seduce chi vede davanti a sè una roccaforte cinta da mura da assediare e da espugnare.
Impercettibilmente.
Abile nell'arte della mimetizzazione, dell'imboscata improvvisa senza segnali di avvisaglie e di trame future.
Sottile e raffinato, innocente quanto silenzioso ma pronto quanto vigile all'assalto finale.
Un giorno, il crollo delle mura le cui pietre sembreranno lasciare un messaggio:
*"Sei quel tipo di persona con cui finisci a letto senza capire come sia accaduto"*___

Stanza 2

[Dlin-n'dlon]
[Accomodati, vuoi una verità o una menzogna?]

___la vita è relazione.
Nasciamo per far parte di un triangolo e finiamo per creare altri
triangoli___

Stanza 3

[Dlin-n'dlon]
[Accomodati, vuoi una verità o una menzogna?]

___ci sono stanze dove le cose parlano.
Stanze dove vivono cose e raccontano cose.
Ricordo di quella cosa che scoprì per la prima volta.
Era notte.
Era buio.
Ero solo___

Stanza 4

[Dlin-n'dlon]
[Accomodati, vuoi una verità o una menzogna?]

___nascondo le cose alla luce del sole, puoi vederle oppure
no.
Da cosa dipende?
Dipende da quanto tu vuoi lasciarti avvolgere dalle illusioni
dell'incanto o se preferisci vedere la realtà solida e concreta
dell'inganno.
T'incanto o ti disincanto, non ti lascio indifferente, non lo farei
mai, non ci riuscirei___

Stanza 5

___tu, la tempesta perfetta da domare, mani come lacci per legarti e piegarti.
Il dolore ha un colore, questo colore è rosso che si riflette in te e in me.
Lo vedo e lo vedi.
Guardiamoci con più fervore e sfidiamoci a chi ha più ardore.
Voglio vedere la tempesta che s'infrange violentemente sulla scogliera e sentire come questa bufera abbatte il gioco di specchi nella tempesta perfetta che ci travolge.
Mani, le tue, le mie, mani come lacci per legarci e piegarci all'onda anomala di questo turbamento___

Stanza 6

[Dlin-n'dlon]
[Accomodati, vuoi una verità o una menzogna?]

___mezza donna, donna a metà, 3/4 di donna, forse, mai intera di sicuro.
La tua strada del piacere è costellata di insidie.
Umiliata, mercificata, stuprata, vilipesa e rimossa.
Quante volte ti sei abbandonata, completamente e veramente, al tuo corpo?
Quante volte il tuo essere Vergine Maria ha dato vita anche a Maria Maddalena?
Tu che sei Donna, saresti Donna completa e non donna a metà___

Stanza 7

___meglio essere divisi o uniti?
E' meglio essere soli o in compagnia?
E' meglio essere divisi e soli nella verità o essere uniti e in compagnia nella menzogna?
Quante apparenze si indossano per ricoprire la nuda verità solo e semplicemente per rafforzare una presenza o per creare un'assenza?
Ma per quanto tu la possa ricoprire non ci sarà mai vestito abbastanza bello da poterla nascondere.
L'autenticità venduta e svenduta al peggior mercante che sembra essere il miglior offerente.
Legami: tendenza ad evitare problemi che creano, poi, altri problemi ancor più dolorosi___

Stanza 8

___quando facciamo l'amore non facciamo l'amore.
Facciamo un'orgia.
Io, te, l'altro me e l'altra te, tuo padre e mia madre.
Quindi, non chiedermi di fare l'amore con te, chiedimi se
voglio orgiare con te___

Stanza 9

[Dlin-n'dlon]
[Accomodati, vuoi una verità o una menzogna?]

___sai come si chiamano?
Carnali.
Quelle che ti travolgono dalla passione, quelle che diventano la tua tempesta perfetta, quelle che sprigionano frenesia nel penetrarti dentro la pelle per andare ancora più in profondità fino a lacerarti e farti terra di conquista nel loro delirio e impeto quando, improvvisamente, una luce le illumina in tutta la loro potenza e bellezza lasciandoti lì, così, sospeso nell'estasi compiuta___

Stanza 10

[Dlin-n'dlon]
[Accomodati, vuoi una verità o una menzogna?]

___brividi e lividi.
Un unico legame: il piacere.
Il piacere come torbida e turbante passione che scava e
dilania, che stringe e spinge, che allenta e tira, che molla e
ritorna.
E' dare corpo al richiamo delle suggestioni di pensieri
inconfessabili, di richiami proibiti mai messi in scena se non
mascherati, adornati e abbelliti da far perdere e diluire ciò
che veramente li animava e infiammava.
Ma poi, l'erotismo non è, forse, una pornografia di classe?__

Stanza 11

___attratti dall' eccesso o, forse, eccessivamente attratti.
Non lo so, non lo sai neanche tu o, forse, lo sappiamo e lo nascondiamo.
Quell' Animus che mi appartiene è il tuo Animus che ti sostiene, fin troppo.
Quell' Anima che ti appartiene è la mia Anima che mi sostiene, fin troppo.
Ci nutriamo di eccessi o siamo eccessivamente attratti.
Scambiamoceli! Operiamo l' Alchimia!
E forse, io, sarò un "Uomo" e tu una "Donna" non più attratti dall'eccesso ma, più semplicemente, eccessivamente e pericolosamente attratti nella danza della *"petite mort"*___

Stanza 12

[Dlin-n'dlon]
[Accomodati, vuoi una verità o una menzogna?]

___è nella nostra natura cercarci? O è nella nostra natura
illuderci? Cosa spinge a creare i legami? E' istinto? Paura
della solitudine? O, più semplicemente, libidine? Cosa c'è di
così incontrollabile che spinge costantemente a cercarci?
O, ancora, è la nostra natura ad inscenare una coreografia
per mascherare quell'unico desiderio puro e diretto che cerca
la legittimità nel suo essere così illegittimo dal primo
momento?
Un *"ti desidero"* [vero] sarebbe più semplice e più facile di un
"ti amo" [ipocrita]___

Stanza 13

[Dlin-n'dlon]
[Accomodati, vuoi una verità o una menzogna?]

___voglio essere il tuo estraneo, la tua fantasia proibita.
Così puoi negare i tuoi sentimenti, così puoi rifiutare di
entrare in contatto con le tue emozioni per far emergere
l'essenza del piacere nata dalla fantasia, fantasia che
scioglie senza inibizioni, senza proibizioni.
La vera volgarità sta nell'ipocrisia e trasgredire è non
accettarla.
Bisogna riconoscerlo: le persone son fatte per darsi piacere,
s'incontrano per un momento di perdita di se stessi, per
vivere e per nutrirsi di un rapimento dell'anima perchè, che
siano estasi mistiche o estasi erotiche, son pur sempre
santificazioni dell'essere___

Stanza 14

___quando una donna dice di cercare un uomo che la faccia ridere, sta mentendo o, almeno, sta mentendo in parte.
Una donna cerca un uomo con cui scambiarsi i fiori, afferma, ma nella realtà, più vera e più profonda, vuole scambiarsi le spine.
Vuole spine che feriscono e che diano piacere oltre ogni limite, spine nascoste dai fiori profumati d'essenza che mascherano ogni insano desiderio.
I problemi nascono nell'incapacità di aver interpretato giusto i non detti dell'altra persona.
Ci scambiamo rose con tutte le spine perchè amiamo sottometterci quanto dominare in un gioco perverso di rose rosse in cui le spine solcano il corpo e l'anima riempiendola di dolore e di piacere.
No, una donna non cerca un uomo che la faccia ridere, cerca un uomo con le spine che la faccia amare odiando e odiando, amare in ogni tonalità di rosso___

Stanza 15

___diciamocela tutta: sul sesso, tutti mentono.
Per quante cose tu sappia, per quante cose tu pensi, per quanto tu desideri, trami e architetti, non puoi non cedere alla tentazione di mentire.
Menti con te, menti con chi hai davanti te.
Menti.
Sempre.
Menti quando ti piace e menti quando non ti piace perchè c'è sempre un qualcosa che manca o quel qualcosa è troppo, ma, alla fine, menti, in un caso o nell'altro perchè hai solo sfiorato e non toccato l'Eden.
E, allora, menti.
Il sesso è il barometro per eccellenza di quello che succede in un rapporto perchè ciò che non funziona in camera da letto, non funziona neanche in corridoio.
Allora, menti, menti in camera come in corridoio.
Si, diciamocela tutta: è meglio il bagno, luogo di verità e di appagamento per tutti___

Stanza 16

___ti osservo camminare perchè in quel movimento cerco una traccia, un sentiero da seguire che mi possa parlare di te.
Passo dopo passo, ti osservo avanzare perchè vederti camminare è un indicatore di quanto tu possa essere soddisfatta e con quanta frequenza puoi raggiungere il piacere.
Osservo come ti muovi e comprendo se è regolare ed esauriente o se occasionale e insoddisfacente, appagante o sgradevole.
Costantemente alla ricerca degli indicatori del tuo piacere solo osservandoti camminare.
Non mi fermo a guardare fin dove gli altri uomini arrivano, no, vado oltre, osservo ogni tuo singolo movimento di quel corpo che veli.
A volte, mi illumina la danza perfetta che crea la tempesta perfetta: sei veloce, energica, fluida, morbida, le tue gambe sono toniche ed elastiche, tutto in un unico movimento che indica la traccia cercata.
Comprendo, allora, che il tuo appagamento è pieno, totale, completo, che lo depredi così come vieni saccheggiata, lì, sotto i veli___

Stanza 17

[Dlin-n'dlon]
[Accomodati, vuoi una verità o una menzogna?]

___stiamo con una persona e ne sogniamo un'altra, quella che desideriamo non è mai quella con cui stiamo.
Vivere è tradire, la vita è tradimento continuo, diciamocela tutta: viviamo di malintesi che ci portano a tradire perchè il desiderio è un oratore che persuade e che convince.
Tutto sta nel capire se quella persona può darti più di quanto può toglierti.
Stanza Rossa del piacere, stanza rossa del dolore perchè piacere e dolore son due mani di un'unica persona e per dominarla devi lasciarti dominare___

Stanza 18

___penitenza: dire, fare…baciare!
Il bacio, questo momento così intimo, è la porta d'ingresso verso l'estasi dei sensi ma anche no.
Ma quando il bacio è penitenza, mortificazione dei sensi?
Due labbra che s'incontrano, in quel preciso momento che lo fanno, aiutano a decidere se vogliamo continuare o far finire tutto lì come se fosse un errore a cui si deve rimediare.
Quante relazioni sono finite per un bacio e quante non sono mai iniziate dopo esser stati sulla porta d'ingresso?
Che lo si voglia o no, è nel bacio il destino di una relazione.
Un buon bacio è quello che ti dà la sensazione di poter raggiungere qualcosa di molto più profondamente intimo e segreto nell'incontro che si illuminerà di una luce improvvisa che scuoterà i due amanti.
Ci si racconta e ci si confessa nel silenzio, molte relazioni finiscono per l'incapacità di baciare.
Perchè? Perchè baciare male significa mancanza di alchimia tra i due amanti___

Stanza 19

[Dlin-n'dlon]
[Accomodati, vuoi una verità o una menzogna?]

___spesso non ci facciamo la domanda giusta perchè abbiamo paura della risposta che ci potremmo dare.
Ci son domande che invece di essere *"perchè stiamo insieme?"* dovrebbero essere *"perchè non ci lasciamo?"*.
Cosa lega due persone, cosa le tiene legate?
Tutto questo nasce da un equivoco spesso non riconosciuto: evitare il dolore della separazione e della solitudine che una domanda del secondo tipo farebbe emergere dando vita a ciò che si teme.
Meglio *"con"* che *"senza"* almeno, fin quando si può, meglio evitare il *"senza"*.
Capita spesso di sentire persone che tentano di mettere insieme l'impossibile: far funzionare qualcosa che non può più funzionare e credere che quel qualcosa funzioni ancora anche quando c'è mancanza di calore nei confronti del partner, anche quando non si trascorre più il tempo insieme, anche quando far l'amore diventa sempre più raro, anche quando si critica continuamente, anche quando ci si sente soli nella stessa stanza.
Tutto questo dice solo una cosa, dice che vi siete già lasciati ma che ancora non lo sapete___

Stanza 20

[Dlin-n'dlon]
[Accomodati, vuoi una verità o una menzogna?]

___la nostra mente cerca costantemente dei visi, dei
lineamenti.
Perchè ci guardiamo? Perchè ci cerchiamo costantemente
con lo sguardo?
Cerchiamo contatto? Cerchiamo di renderci visibili?
Cerchiamo di stimolare eccitazione?
Cerchiamo di coinvolgere?
Guardiamo una volta per sondare, guardiamo due volte per
capire cosa la nostra mente sta cercando in quel viso e
guardiamo una terza volta per rimanere in attesa.
Ci guardiamo per stimolarci un improvviso maremoto che,
come un'onda anomala, possa abbattere barriere invisibili di
attrazioni incontrollabili perchè l'erotismo può nascere in
maniera spontanea quanto innocente così come da uno
sguardo improvviso e sostenuto in un modo inaspettato e
appropriato.
Ci cerchiamo e ci guardiamo, costantemente, ripetutamente,
senza sosta, in ogni luogo e in ogni momento.
Cosa cerchiamo tutti?
Essere sorpresi, travolti e sconvolti nel bere dal calice della
follia elargito da un viso incrociato all'improvviso perché un
corpo solo è un corpo affamato___

Stanza 21

___*"una proporzione è l'uguaglianza di due rapporti."*
Diciamoci la verità, diciamoci come stanno veramente le
cose.
Il "bravo ragazzo" sta al "bastardo" quanto la "santa" sta alla
"puttana".
Più ci si definisce in qualcosa, più si è anche l'altra cosa se è
vero che l'uomo sta alla donna [o, la donna sta all'uomo] in
virtù dell'uguaglianza dei rapporti. Insomma, più ti definisci
"santa" e più, dentro, sei "puttana". E' solo che,
semplicemente, ancora non lo sai o, forse, lo sai e fai finta di
non sapere e, tra una cosa e l'altra, sogni illusioni___

Stanza 22

[Dlin-n'dlon]
[Accomodati, vuoi una verità o una menzogna?]

____cosa fa il piacere?
Il piacere recluta i suoi eletti tra coloro che sono senza
inibizioni, senza proibizioni.
Tu che fai? Proteggi e mascheri, nascondi ed eludi fino a non
vederlo più quel fremito che ti scuote dentro del vorrei ma
non posso. La tua prima reazione sarebbe quella di assalire
e conquistare ma temi e ti senti intimidita non dai nuovi
orizzonti che si aprono ma dal tuo impeto furioso e selvaggio
che si agita e si dimena.
Timida *[fuori]* quanto cannibale *[dentro]*.
Timida nel fare qualcosa che desideri, timida davanti a ciò
che senti, che consideri amorale, da donna di facili costumi
invece che Donna nella sua pienezza.
Intanto, la cannibale in te ha fame.
La domanda è: *"Chi la sfama?"*____

Stanza 23

[Dlin-n'dlon]
[Accomodati, vuoi una verità o una menzogna?]

___non si vive di rendita, non si vive di ricordi, non si vive per quello che c'è stato, condiviso e vissuto se si sa che si è giunti a capolinea.
Non permettiamo a tutto questo di sottrarci alla *"scelta"* di fare quello che deve essere fatto in mancanza di nuove storie da raccontarsi perchè troppo presi, ancora, a raccontarsi le vecchie mantenendo in vita qualcosa che si *"era"* ma che, oggi, non si *"è"* più.
Non esistono patti, non esistono alleanze se non per quella parte di cammino da fare insieme.
Quando è tempo, è tempo, non si perde una persona amata, si guadagna, invece, in nuove possibilità di amare con più intensità.
Tergiversare, rimandare, procrastinare è già trovarsi in quel territorio in cui è già stata emesse la condanna ma non la si vuole eseguire e ciò che un tempo era "vero", diventa solo *"menzogna"*.
Lasciarsi andare protegge e nutre il ricordo, non lo svilisce, dona la completezza di averlo vissuto e non la mancanza di averlo perduto___

Stanza 24

[Dlin-n'dlon]
[Accomodati, vuoi una verità o una menzogna?]

___puoi e vuoi fidarti?
Puoi e vuoi fidarti, veramente, della persona che hai al tuo fianco?
Ognuno si da la sua risposta e un'affermazione pacifica, spesso, maschera una negazione lacerante che fa nascere un dubbio che porta con sè una domanda inevitabile:
"Quanti dicono la verità?"
Perchè lo sai, le persone hanno segreti, mentono, scherzano, giocano con le parole e le mezze verità, dicono quello che pensano che vogliamo sentirci dire.
Ecco, allora, che bisogna imparare a vedere quello che le persone non dicono, non solo a se stesse ma anche a noi quando ci guardano negli occhi e ci dicono candidamente:
"Fidati di me"
Fidati [sempre], fidati [mai]___

Stanza 25

___kintsugi delle unioni spezzate, ossia, i separati in casa o, se vuoi, i separati in coppia.
Qualcosa di rotto rimesso insieme dovrebbe avere un maggior valore di un qualcosa che è rimasto intero ma dipende che cosa è stato usato per rimettere insieme i vari pezzi.
Cosa ha sostituito l'oro prezioso, il legame per eccellenza? La paura di rimanere da soli? I figli? Il non saper dove andare? L'ipocrisia del "cambierà"? O da quali altre mille domande che intorpidiscono la risposta cercata?
Le unioni spezzate.
Unico compito condiviso: ignorare l'infelicità.
Unico compito da non condividere: il legame non più legato.
Unico compito disatteso: l'autoconsapevolezza.
Unico compito atteso: tener fede all'impegno preso.
Kintsugi: i separati in coppia [senza valore aggiunto]___

Stanza 26

[Dlin-n'dlon]
[Accomodati, vuoi una verità o una menzogna?]

___cacciare o essere cacciati.
Quando il cacciatore punta delle prede impossibili, fa in
modo di diventare preda e trasforma la preda in cacciatrice.
L'istinto predatorio è ambiguo, è sano e distruttivo, ha
un'arma potente e non decifrabile: è alleato invisibile con la
manipolazione.
Il predatore creerà una realtà, la renderà credibile e, per
quanto assurda potrà essere, ci sarà sempre qualcuna che ci
crederà e vedrà in lui una preda e non un predatore.
L'istinto predatorio è la manipolazione in cui i veri intenti
vengono depistati mascherando la follia istintiva ignota con
una favola sensuale a portata di mano e inoffensiva. Il
desiderio dell'altro è diventato il proprio: la preda è uscita
dalla tana, voleva cibarsi a piccole dosi ma ha solo sfamato il
vero predatore che l'attendeva [con pazienza] ___

Stanza 27

[Dlin-n'dlon]
[Accomodati, vuoi una verità o una menzogna?]

___dove c'è tabù, c'è desiderio.
Ma vige un orientamento morale in grado di dissipare e di eludere ogni dubbio: è il decoro delle bugie misericordiose.
Tuttavia, basta dare una sbirciatina dietro la tenda della vita di qualcuno per trovare qualcosa. Si tratta di un qualcosa che nn è mai accaduto ma che si desidera che accada.
Si muore costantemente dalla voglia di qualcosa di bello, nn si sa che cosa sia, si sa solo che donerebbe un senso di liberazione e di appagamento totale, che donerebbe tutto e che sconvolgerebbe tutto.
Ecco, allora, che irrompe l'ignoto con tutto il suo carico di fantasia che permette di aggirare il senso della morale comune e rende l'esperienza erotica assoluta, senza condizionamenti, senza filtri, così come natura crea e l'istinto dirige.
Allora, l'ignoto prende vita attraverso l'estraneo, produce uno stato di sospensione dentro il quale prendono forma le fantasie più nascoste e l'eccitamento deriva dal piacere dell'eludere e nell'infrangere una morale.
E' inutile negarlo, dove c'è tabù, c'è desiderio e se do una sbirciatina dietro la tenda della vita di qualcuno smaschero i suoi istinti ricoperti da ricami e fiorellini che fanno da decoro alle bugie misericordiose___

Stanza 28

___spesso ci si ritrova in relazione senza sapere *"perchè"*.
Proviamo, allora, a riformulare la questione, magari il
problema non è tanto aver scelto la persona sbagliata ma
quanto il fatto di rimanerci legati pur avendo compreso che lo
è effettivamente.
Quindi, è meglio ricominciare dal principio riavvolgendo il
nastro del tempo fino al giorno dell'incontro.
Colpo di fulmine? Un sogno sognato? Un'anima gemella? Le
emozioni ci hanno ingannato? Istinto primario?
Problematiche profondamente relegate nell'inconscio che
fanno rimanere ancorati a ciò che ci è familiare e voler
cambiare il finale di una storia già vissuta sulla linea
discendente materna e paterna? Cosa?
Comunque sia, il problema non è la scelta della persona
sbagliata ma quanto il fatto di rimanerci pur avendo
compreso che effettivamente lo è.
Si rinuncia al proprio territorio, si arretra, lentamente, piano
piano, centimetro dopo centimetro fino a creare un muro e
vuoto emotivo come ultimo baluardo di difesa per
nascondere ogni emozione contraddittoria perché il muro e il
vuoto creano distanza e la distanza, l'inesorabile declino
[ancor prima di aver capito *"perché"*]___

Stanza 29

[Dlin-n'dlon]
[Accomodati, vuoi una verità o una menzogna?]

___siamo infedeli ma non lo sappiamo e, se qualcuno ce lo fa notare, diciamo di *"no"*.

Diciamo di *"no"* perchè pensiamo che il tradire avvenga solo e esclusivamente per contatto fisico, luogo prediletto di desideri ed estasi passionali. Ma finchè tutto questo non si realizza, il tradimento semplicemente non esiste. Pensiamo a buon diritto a conferma della nostra morale buonista a discapito di ogni pensiero illegittimo.

Invece, ci ritroviamo in questo territorio quando oltrepassiamo confini lì dove pensiamo che non ci siano, convinti di muoverci in totale e in tutela di ogni sicurezza, nostra e del rapporto che già viviamo.

Quand'è che tradiamo?

Tradiamo quando siamo emotivamente legati ad un'altra persona con la quale condividiamo confidenze, complicità e intimità dell'anima. Finiamo per incoraggiare una relazione di aiuto e di sostegno dove il partner non è più la prima persona con cui allearsi ma diventa, suo malgrado, una semplice comparsa quotidiana da gestire.

Automaticamente, il tempo che trascorriamo con il partner viene declassato a dovere e a impegno.

Cosa significa? Significa che eleviamo l'altra persona a possibile partner, significa che il tradimento è già in atto perché incoraggiare una relazione emotiva più intensa e profonda con una terza persona e non con il partner è già macchiarsi di tradimento, anzi, doppio tradimento: quello della fiducia e quello del cuore.

Tradisce anche chi mette al primo posto i figli, si, proprio così, perché si sottraggono attenzioni e presenza al partner, si dimentica di essere una coppia oltre che genitori. Tradisce anche chi trattiene pensieri, emozioni escludendo il proprio

partner dal proprio sentire interiore, chi si autocensura e chi si limita a dire, puntualmente, che *"va tutto bene"*.
Si, siamo infedeli e non lo sappiamo ma d'altronde nasciamo dentro a un triangolo all'interno del quale ha preso vita il tradimento originario che perpetuiamo con il partner nella speranza di risolvere ciò che un tempo ci vide traditi, sconfitti e perdenti su tutta la linea___

Stanza 30

[Dlin-n'dlon]
[Accomodati, vuoi una verità o una menzogna?]

____si pensa molto spesso che se un metodo funziona, può essere ripetuto con successo altre volte, il risultato sarà identico alle volte precedenti.

Non conta con *"chi"* lo si applica, importa, invece, *"come"* lo si applica. E' una regola tacita e non scritta tra gli amanti: darsi piacere per come lo si è "imparato" e che l'esperienza ha garantito.

Questo significa prendersi cura del piacere del proprio partner considerando il suo corpo non come suo ma come quello di altri.

Echeggiano, quindi, pensieri silenziosi che girovagano sul talamo amoroso: *"Uso con te quello che ha funzionato con altri, non importa cosa piace a te, so darti ciò che vuoi e ciò che ti aspetti da me"*.

C'è da chiedersi: con chi sta facendo quello che sta facendo?

Non importa quanti partner hai avuto, conta che ogni volta sia la prima volta, conta che un corpo sia il primo che vedi, conta, soprattutto, dire cosa e come lo vuoi senza lasciare che l'altro lo intenda a modo suo e che usi il tuo corpo come se fosse il corpo di qualcun altro perché il proprio "piacere" non è mai quello di altri: è sempre unico e diverso. Questo ci porta all'epilogo finale: ci si guida a vicenda o sarai lì a chiederti con chi sta facendo quello che sta facendo senza avere mai una risposta____

I Edizione 2018

copyright© 2018 Argo

Tutti i diritti riservati.

ISBN: 979-12-200-3906-2

Note dell'Autore:
Il 10% verrà donato a sostegno di una ONLUS-Associazione a sostegno dei bambini. Dovrà rispondere ad alti standard di comportamento etico e morale comprovato e verrà resa nota pubblicamente.
Il restante 90% andrà, invece, a sostenere i progetti di ricerca che verranno resi pubblici in due date: il 2020 e il 2024.
Fai un buon acquisto: sostieni il futuro!
Segui sul sito e sulla pagina facebook per avere maggiori informazioni sulle iniziative indicate:

www.facebook.com/argowords
www.argowords.wordpress.com

Follia

Vol. I

Disponibile anche "Follia – Vol.I"

www.ingramcontent.com/pod-product-compliance
Lightning Source LLC
Chambersburg PA
CBHW072141150726

48002CB00004B/1579